POÈMES

LÉO LATIL

(1890-1915)

RIO DE JANEIRO

1917

POÈMES

LÉO LATIL

(1890-1915)

RIO DE JANEIRO

1917

Il a été tiré de ces Poèmes 100 exemplaires numérotés à la main

Exemplaire N. 10

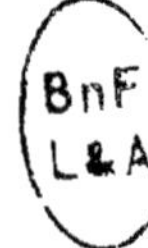

I

Je suis allé aux Saintes-Maries,
Dans le pays on dit: Les Saintes.
L'Eglise est haute et carrée et crénelée.
Il y a une tour sur l'Eglise.
L'Eglise est jaune dans la Lumière.
Le clocher est plat comme un mur
Qui monte en pointe.
Il y a cinq trous dans ce mur,
Trois sont remplis par des cloches,
Deux sont vides, celui d'en haut et un en bas par côté,
On voit le ciel à travers les trous.
L'Eglise est jaune dans la Lumière.
Les maisons sont autour de l'Eglise,
Serrées, basses et blanches.
Oh! la blancheur crue de ces maisons
Peintes à la chaux sous un toit rouge,
rouge,
ou bien de chaume.
Et les toits sont bas, serrés tout autour de l'Eglise.
Entre ces maisons il y a des rues longues
Dans lesquelles le mistral s'engouffre,
Des maisons avec des boutiques petites,
pareilles, et des fenêtres basses et des portes grillagées.
— Il y a des vieilles dans ces rues,
des vieilles arlésiennes chancelantes,
aux cheveux blancs avec un bonnet noir
noué par un nœud qui fait deux pointes noires.
Le vent secoue les vieilles
Et tord leur jupe.
Et le samedi soir, la veille du dimanche,
Ces vieilles avec des petits balais

Nettoient leurs maisons si blanches.
— Il faut que ces maisons soient très blanches —
Et les maisons sont basses comme les vieilles
et chancelantes et leur regard
est doux le soir,
car le soir les maisons s'éclairent.
Le vent souffle dans les rues noires,
mais derrière les grillages entre des rideaux roses,
dans une lumière douce,
des vieilles sont assises qui tricotent, avec des
vieux en sabots.
C'est la nuit.

Le dimanche clair,
J'ai vu dans les rues blanches,
rasant les murs blancs,
des nonnes noires,
toutes noires,
aux voiles légers
que le vent tordait.
Elles sont entrées dans l'Eglise jaune
immobile au milieu du vent.
— Les cloches sonnaient,
Les trois cloches dans le clocher,
En se renversant vers le ciel.
L'Eglise était sombre, haute et ronde,
Sa pierre était nue,
Les flammes des cierges vacillaient
Au fond du sanctuaire.
Les nonnes entraient une à une
Et se groupaient
Et des vieilles chancelantes devant des statues
s'agenouillaient çà et là.
Le prêtre très loin qu'on ne voyait pas
psalmodiait : Ste M. M. Ste J. M. (1)

____

(1) En abrégé dans le manuscrit, probablement : Ste Madeleine Marie
Ste Jacobé Marie.

des voix cassées répondaient :
« *priez pour nous* »
en un murmure de litanies.
Puis les cloches ont sonné,
Et les vieilles s'en sont allées,
une à une.
Et les nonnes se groupaient
dehors en formes noires et chancelantes.
La lumière était éblouissante
et faisait mal aux yeux.
Le vent soufflait.
Les vieilles se sont arrêtées.
Les nonnes se sont jetées sur les murs,
Le vent tordait leurs voiles noirs
sur les murs blancs.

Je suis allé aux Saints-Maries,
dans le pays on dit : les Saintes.
Il y a une Eglise carrée,
haute et crénelée,
puissante et jaune dans la Lumière.
Tout autour des maisons
blanches sont blotties.
Et cela fait un village qu'on voit de très loin, de très loin
sur le ciel, car la Camargue est plate, un village perdu
entre la Camargue immense et la mer immense — la Camargue plate avec ses saladelles et ses enganes. Les arbres
qui montent poussent sans branches, tout en troncs, et se
tordent oppressés par le lierre que le vent retourne. Blan-
cheurs—taches — fond de la mer—pins parasols—groupes
d'arbres — atmosphère dans quoi tout baigne—atmosphère
magnifique et adoucissante — brebis — émouvante Camargue — pays en formation.

Les Saintes Maries de la Mer

Septembre 1910

ECRIT SUR UN PORTRAIT — Noël 1910

Prière à mon poète et à la petite Bernadette sa fille

— Oh ! mon poète !
— Ma petite Bernadette,
— Les yeux noirs de ma petite Bernadette,
Je vous aime.
Vous êtes mes émotions anciennes et mes émotions nou-
velles !

— Je souris à vous voir, mes lévres tremblent
Et mes yeux se remplissent de larmes.
— Et dans les heures douloureuses,
Les jours où l'on a peur,
Les jours où l'on a froid,
Les jours où l'on a les yeux secs et le cœur vide,
Les jours où l'on vascille dans la nuit sans savoir,
Les jours où l'on désespère,
Vos yeux noirs ont rempli mes yeux,
Bernadette
Oh ! pacification… pacification !

Car je sens bien petite fille
Que nous sommes pareils vous et moi.
Oh ! tout-à-fait pareils !
Nous courons sur les prairies et nous rions
avèc les fleurs et puis nous pleurons.
Dans la nuit noire, nons nous sentons si petits
Que nous sanglotons désespérément,

Et puis nous chantons.
Oh ! les pauvres petites choses que nous sommes,
Bernadette,
Nous ne savons pas, nous ne savons pas...

Et pourtant vos yeux noirs font ma consolation,
Vos yeux noirs remplissent mes yeux,
Vos yeux noirs sont baignés d'amour,
Bernadette,
Vous êtes serrée sur le cœur de mon poète !

Oh ! mon poète !
Vous qui savez les choses
Vous qui avez souffert profondément,
Vous dont la douleur a été la compagne fidèle,
Vous qui êtes l'ami des fleurs, des petits ânes et des étoiles,
Vous qui priez,
Vous qui dans vos extases
Voyez le seigneur Jésus face à face !
Mon poète !
Serrez nous fort contre vous,
La petite Bernadette et moi !
Prenez nos temps frêles dans vos mains
Et tournez nos yeux vers la Lumière !
— *Les yeux de Bernadette verront la Lumière, ils seront
illuminés par la Lumière.*

Oh ! mon poète,
Prenez la main de Bernadette,
Bernadou, ma petite sœur,
Donnez moi la main.
Allons tous trois au Paradis,
sur la route bleue,
avec les petits ânes claudinant
Et toutes les petites filles de la terre.
Allons au Paradis,
Le paradis du chœur des anges et de l'encens,

Le paradis des roses blanches,
Le paradis du Bon Dieu,
Le paradis de mon Poète,
Le paradis de Bernadette.
Mon Paradis !

Bernadette,
Vos yeux sont plus beaux que les yeux des jeunes filles
Et vos yeux sont plus beaux que les yeux des anges.
J'embrasse vos yeux noirs
Et le coin tombant de votre bouche confiante !
Oh ! Bernadette, consolation !
Oh ! Bernadette, bénédiction !
Oh ! Bernadette, pacification !
Oh ! Bernadette, joie !
Oh ! Bernadette dont les petites mains
Sur mes yeux sont rafraichissantes !

Votre Patronne reposait dans les plis
Du manteau de la Vierge Marie,
Que la Vierge Marie nous bénisse
Mon poète, ma petite Bernadette et moi, pauvre.

Aix Noël 1910

III

De lourds vols d'oiseaux noirs
Volaient autour de moi,
M'effleurant de leur aile moite
Et m'oppressant de leur vol lourd.

Je suis tout seul avec mon livre
dans la nuit.
Et le vol incertain des oiseaux tout autour de moi
m'affole,

Alors je mets mes mains sur mon livre
Et mon front sur mes mains.

Aix. Dimanche 9 Avril 1911

IV

POUR D. M.

Clair de Lune

— Mon amour. Qu'est ce qu'il a dit Baudelaire quand il est
mort, qu'est-ce qu'il dit?
— Il a dit «la lune est belle» et puis il est mort.
—Oh! mon amour,
La lune resplendit dans le grand ciel laiteux
sur les toits heureux
de la ville et sur les arbres des campagnes!
Renversez votre tête lourde,
Que vos yeux soient remplis par la clarté lunaire.
Et puis, dites moi pourquoi
Je ne sens plus le vol lourd
des oiseaux noirs qui m'oppressaient,
et la moiteur de leurs ailes qui m'effleuraient?
— Ils sont fondus dans la clarté
de la Lune.
— Oh! mon amour, comme elle est belle
Celle
dont l'immense clarté nous inonde!
mais sentez-vous pas que je pleure?
— Je sens des larmes sur mes mains.
— Sentez-vous pas que tout mon corps frémit?
— Je sens que vous frémissez
comme frémissent sous les doigts des séraphins
les violons du ciel.
— Sentez-vous pas, ô mon amour, sentez-vous pas que je
défaille

dans la clarté de la Lune ?
— Je sens que vous défaillez
comme défaillent les lèvres des petites filles pures
sous la douce odeur de la fleur du froesia
— Mais dites-moi pourquoi, mon amour, dites-moi pourquoi
je tremble et je frissonne ?
— C'est la naissance de la joie !
La joie, la blanche joie s'est abattue sur vous
Votre âme chante sous la lune.
— Amour... dites que la lune est belle !
— La lune est belle !

Aix, 15-16 Avril 1911

V

pour D. M.

« Mon ami »
Il pleut doucement sur les toits de la ville,
Les tuiles jaunes sont luisantes et les choses sont
immobiles.

Je suis si triste, ô mon ami, si triste
que le calme descend dans mon cœur torturé
et qu'une grande sérénité
baigne mon âme nue !
Je sais bien que plus jamais je ne rirai
du rire clair de mon enfance
et que jamais, d'autres regards
adorables
Ne se poseront sur les miens en d'ineffables communions.
Alors, je suis las, infiniment
et je suis si triste, ô mon ami, si triste
que le calme descend dans mon cœur torturé
et qu'une grande sérénité
baigne mon âme nue !
Regardez-moi, — je me tais,
Si seul et si petit, je reste sagement tranquille,
mes yeux se ferment
et je respire doucement.
Les choses sont si simples !
Il ne faut pas faire de bruit
De peur d'effaroucher ma tristesse
et la sainte immobilité des choses.

Seulement, il faut que vous compreniez, mon ami,
puisqu'il pleut doucement sur les toits de la ville,
et puisque je suis triste, si triste,
il faut que vous compreniez que je vais mourir !
Allez trouver la petite fille heureuse et pure
et qui est mon amie,
dites-lui d'apporter les fleurs du froesia que j'aime
Et laissez, mon ami, que j'aime tendrement,
laissez que mon âme ensommeillée meure
enveloppée de ces tendres fleurs.

Aix, 30 Avril 1911.

VI

Petite fille, il faut que vous veniez.
Venez, petite fille.
Montrez moi votre bleu regard de bonté
Et je veux que vous me preniez
Tout entier.

— Ma tendresse est si belle.
La blancheur des narcisses me fait pleurer.

— Je suis triste.
Oui, simplement je suis triste.
Je sens qu'à force d'être insatisfaits
Mes désirs vont mourir.
Ma tendresse se traine sur toutes les choses,
Je voudrais que vous la preniez
Dans vos deux mains.
Venez, venez petite fille
Tout contre moi.
Toutes les inquiétudes sont en moi,
Je sens toutes les âmes souffrantes
Et Dieu.
Le parfum des fleurs me fait défaillir,
Ma tendresse est maladive.
Je voudrais que vous m'aimiez.
Vous m'aimez, dites, petite fille, vous m'aimez ?
prenez-moi.
Je veux que vous soyez mon amie
et penchée sur mon âme
et ma consolation et mon amour,

je veux que vous soyez mon maître
et ma force et que vous me conduisiez,
je veux que vous soyez la paix et la joie.
Vous m'aimez, dites, vous m'aimez ?

toute mon inquiétude,
éternellement mon inquiétude.

Petite fille il faut partir,
allez-vous en, allez-vous en, allez-vous en.
Maintenant je mettrai mes mains
sur les narcisses dont la masse résiste au poids de mes
deux mains
et brusquement j'écraserai ces fleurs
dans mes mains.
La chair craque des narcisses,
pauvres fleurs, pauvres fleurs.

Eternellement gémit
ma tendresse qui se lamente.

Aix, 26 Décembre 1911.

VII

POÈME

POUR **D. M.**

L'ENFANT D'HOMME

Ma tendresse si belle et magnifique
(La tendresse des âmes — de toutes les âmes)
Est pareille à cette ombre mouvante et bleue
Qui reposait sous les lilas en fleurs.

Au crépuscule l'ombre bleue
Se traine sur la terre humide,
Monte le long des arbres et le long des murs
Et dans un grand balancement lent
Sur toutes les choses se répand

(Vous avez vu ces arbres bleus,
Balancés,
Qui se trainaient dans la plaine).

Moi je vous dis que c'est ma tendresse,
La lamentation de ma tendresse
Amoureuse
Et que jamais aucun amour n'épuise,
Soulevée comme les vagues de la mer,
Retombante comme les vagues de la mer,
Et qui se traine épandue sur les choses,
Douloureuse, geignante et meurtrie,
Folle de joie, exaltée de joie
Et encore douloureuse, geignante et meurtrie.

C'est une fatigue mortelle
Que cette inquiétude éternelle
Et de n'avoir jamais
La paix, simplement la paix.

Et vous comprenez que je me révolte à la longue
— Puisque les hommes sont imbéciles,
N'est-ce pas ? je m'en irai des hommes,
Et je mourrai — simplement je mourrai.

La mort seule est assez belle
Pour nous satisfaire, ô ma tendresse,
La mort seule est assez belle.

L'ANGE DU SEIGNEUR

Taisez-vous, enfant d'homme, taisez-vous.
Je suis l'ange du seigneur,
Celui de l'ancien testament,
Et du nouveau testament,
Sur la terre j'ai porté les pas du Christ,
Debout dans l'azur,
Mes pieds reposent sur la terre
Au milieu du troupeau des âmes.
Enfant d'homme je vous apporte la paix.
Apaisez cette longue douleur
Pleurarde,
Geignante et gémissante,
Cette longue révolte
Et se sentiment affreux
Que vous avez eu de la mort.

— Demeurez dans le silence et dans l'humilité.

Car je vous apporte la paix,
La paix de mes ailes d'ange,
La paix de mon regard du ciel,
La paix de mes mains rafraichissantes,
La douce paix divine,
La douce paix divine.

L'ENFANT D'HOMME

Je ne veux pas la paix,
Je ne veux pas que vous vous vous apaisiez,
O ma tendresse,
Dans le silence et dans l'humilité.
Vous êtes si belle et magnifique,
Eternellement soulevée et retombante,
Amoureuse et jamais épuisée par aucun amour.
Beaucoup trop belle pour la paix vous êtes,
O ma tendresse, et pour nous satisfaire
La mort seule est assez belle.

L'ANGE DU SEIGNEUR

Taisez-vous, enfant d'homme, taisez-vous,
Je suis l'ange du seigneur,
L'ange de force et de vie et je porte
Le Flambeau divin
De Dieu que vous sentez qui pèse sur votre âme.

Je suis l'ange du seigneur et je dis
Qu'il y a assez de cette faiblesse,
De cette vanité, de cette lacheté,
et de ce balancement
De votre tendresse stérile.

Je suis l'ange de force et de vie,
J'ai lutté contre Jacob au bord du fleuve
Et je l'ai terrassé de ma force brutale,
J'ai brulé Sodome et Gomore,
Les villes révoltées de la plaine
(La fumée est montée de la plaine comme d'une
                                        fournée)

L'ENFANT D'HOMME

Moi, je voudrais ne pas mourir et que l'on m'aime
encore.
Je voudrais que vous m'aimiez vous mon amour.
Voyez mes mains suppliantes,
Mes mains de supplication
Et mon visage dans les larmes,
Voyez ma tendresse vers vous qui se traine.
Il faut que vous m'aimiez —il faut que vous m'aimiez.
Voyez mes mains et qui sont vides, entendez les
sanglots de ma chair

L'ANGE DU SEIGNEUR

Taisez-vous, taisez-vous !
Ces désirs sont des désirs de vanité,
ces amours sont mourantes.
Cette chair est décomposée,
Votre âme est un monceau de ruines,
Votre âme est un monceau de décombres
Où les derniers enfants meurent

L'ENFANT D'HOMME

Moi, je suis amoureux de la mort,
La mort est mon amoureuse.

L'ANGE DU SEIGNEUR

Taisez-vous, enfant d'homme, taisez-vous
Je suis l'ange du seigneur,
L'ange de force et de vie
Qui porte le flambeau divin,
Je ferai pleuvoir le feu du ciel sur ces ruines
Et vous brulerez, enfant d'homme,
Vous brulerez dans l'amour éternel
Comme un flambeau — comme un flambeau.

Aix, 9 Avril 1912

VIII

Méditation pour Paques

Les grenouilles se sont mises à chanter.
Il n'y a plus de soleil dans le jardin
Et seulement
(Sous les lilas en fleurs et sur la terre humide)
L'ombre fraiche et bleue
Qui repose dans le silence
Immobile et silencieuse.

Moi, j'appelle cette ombre ma tendresse,
Je dis qu'elle est ma tendresse.
Vous savez ma tendresse,
Si belle et magnifique,
Soulévée comme les flots de la mer,
Retombante comme les flots de la mer.

Mais qui ce soir repose
Comme cette ombre fraiche et bleue repose
Sous les lilas en fleurs.
Le ciel au dessus du jardin est sans lumière,
Le magnolia aux feuilles luisantes est immobile,
On entend les cloches de la cathédrale
Qui sonnent parce que c'est la veille de Pâques.

Regardez dans le jardin,
Il fait nuit.
— La douce nuit repose entre le ciel et la terre,
Les fleurs blanches des lilas sont des clartés.
Le ciel est tout couvert d'étoiles.
(Apaisez, apaisez les tristesses amères).

Demain c'est la fête de Pâques.
L'agneau pascal,
qui bèle doucement sur ces longues jambes
et qui porte sur ces épaules une croix,
  Est un agneau de paix.
— Il ne faut pas effaroucher l'agneau
Peureux qui s'enfuirait en boîtant.
Il ne faut pas effaroucher l'agneau.

Soyez calme, ô ma tendresse !
Etrangement calme,
Mystérieusement calme — apaisée,
(Comme cette ombre fraiche et bleue)
Dans le silence et dans l'humilité.

— Il ne faut pas effaroucher l'agneau,
Demain le soleil se lèvera dans les clochers.
— Sous les lilas fleuris,
Dans l'herbe éclairée de soleil
L'agneau pascal s'avancera.
— Soyez calme, ô ma tendresse !
Et silencieuse avec un doux sourire
Pour que l'agneau vienne vers vous
Tremblant et rassuré.

Je veux qu'il vous apporte la paix,
La paix de son regard vide,
La paix de son bêlement de petit agneau,
La paix de ses longs membres frêles,
La douce paix divine,
La douce paix divine.

Aix, Pâques 1912.

IX

POÈME

PROLOGUE

C'est une jeune fille qui n'a pas la beauté d'une femme. Elle a le charme d'un adolescent. Elle parle avec son corps tendu en avant et ses petites mains ouvertes — ses yeux ont toujours un grand éclat et ses paupières battent — ou bien ils ont une douceur langoureuse — et ses paupières se ferment à demi. Elle dit ses phrases en précipitant les syllabes — et s'arrêtant sur certaines syllabes, il y a des syllabes trainées, chantantes, des intonations gutturales.

Je l'ai créée.
Elle est ma créature

Comment faut-il que je l'appelle?
comme je n'ai aucune imagination, je ne trouve aucun nom, je décide qu'elle s'appelle «*Feuille*».

Du jeune homme, nous ne dirons rien —

Simplement qu'il est né pour la perfection et qu'il le sait — sa voix traine aussi — il n'y a aucune variation dans l'intonation de sa voix —

Ils sont assis tous les deux dans une roseraie

———

I

—— feuille, ma petite feuille (comme une feuille
qui se balance quand il fait un peu de vent)
vous voyez ces roses ?
Elles sont jetées en l'air au sommet de ces treilles

et les roses rouges massées
font des paquets rouges,
les roses roses font des paquets roses
et les roses blanches...

— Le ciel n'a pas de poids
Il est tout entier de la même couleur de beau temps
— les arbres sont posés sur la plaine bleue,
dorés dans la lumière immobile

— feuille, ma petite feuille,
les couleurs de ces roses sonts claires
(celles qui sont d'un rouge vif)
dites que ces roses sont belles !

FEUILLE : Les roses sont belles.

—— feuille,
vous êtes parfaitement exquise.

FEUILLE : Les roses sont belles.

——Vous, avec vos petites mains aux cinq doigts
                                        écartés,
vos mains qui sont une attente, une prière,
je vous donne ces roses
en paquets de roses serrées les unes sur les autres
et qui s'égrennent sur ce ciel —

Il y a des hommes qui marchent dans les rues
entre les maisons
et qui ricanent,

Ils ne connaissent ni la peur,
ni la passion des roses,
ni la tristesse.
Ils disent de très gros mots.

Nous le leurs donnerons pas de roses
et nous tiendrons les mains bien fermées,
— vos petites mains —
pour qu'ils ne voient pas les pétales des roses
et pour qu'ils ignorent toujours la tristesse.

FEUILLE : Les roses sont belles.

—— Vous êtes assez belle, ô Feuille,
pour être le temple, le tabernacle
de la tristesse,
Tout autour du tabernacle
nous mettrons des roses,

FEUILLE : Mon cher petit, dites moi si
vous m'aimez, dites moi.

—— Vous savez bien que je vous aime,
feuille.

FEUILLE : Dites moi, avec votre voix douce
et sans intonation, dites moi : feuille,
je vous aime.

—— Feuille, ma petite feuille,
je vous aime.

FEUILLE : N'est-ce pas qu'ils sont exquis, ces grands tuli-
piers dont le feuillage léger est lancé dans le ciel
et se balance (les fleurs du tulipier sont vertes.) Le
sable des allées est jaune et partout dans le jardin
— au bord de mes yeux, au bord de mes lèvres,
il y a des roses au sommet des arbustes, des roses
rouges en paquet serrées les unes contre les au-

tres, rouges, des roses que l'on appelle «roses thé» qui sont couleur de chair et dont chacune est separée des autres.

Ma figure avec mes lèvres et mes yeux et les narines palpitantes de mon petit nez, et mes mains quand je les élève auprès de mon visage sont des roses— les plus belles des roses.

—— Feuille

FEUILLE : dis encore : *feuille*, avec ta voix qui traine sur les finales comme un rythme qui ne se pose pas, comme deux mains qui se soulèvent, sans retomber.

—— Feuille

FEUILLE : Regarde, mon amant,
mes deux mains ouvertes
sont élevées des deux côtes de mon visage
comme une rose
avec deux roses plus petites.

—— o ! Feuille, mon amoureuse

FEUILLE : Mon amant.
— J'élève encore mes mains,
les paumes de mes mains vers le ciel
et je dis !
Le ciel n'est pas comme une chose peinte
en bleu et qui s'étend au dessus de nous,
c'est une lumière dorée partout égale
et dans laquelle
les arbres reposent ainsi que mon visage et mes mains
qui s'élèvent dans le ciel
comme les plantes sous-marines s'élèvent
dans l'eau de la mer éclairée.

La lumière est dorée et un peu trouble,
les arbres qui sont loin, à l'horizon de la plaine,
sont bleus.
Mon amant,
Je vous donne ces roses, mon visage et mes mains.

—— Je vous remercie, Feuille !

FEUILLE : Je suis très belle
dans la lumière dorée du soleil,
moi qui suis blanche
je suis pour vous.

—— Je vous remercie feuille !

II

FEUILLE : J'étendrai mes bras dans une crispation,
le menton levé, tendu,
et je crierai un cri guttural,
parce que je sens dans la lumière mon corps pâle
et tressaillir mon âme magnifique,
frémir, longuement frémir, puis tressaillir,
comme un enfant que je porterais dans mon sein.

O mon amant,
puisqu'un vent léger agite doucement
les feuilles
(une rose s'effeuille),
moi, je crie de joie longuement !
—— Feuille.

FEUILLE : mon ami,
vous dites : «feuille»,
d'une voix égale et sans intonation,
d'une voix douce et résignée,
d'une voix d'acceptation,

vous dites : «feuille»
avec une voix d'attente,
votre voix n'achève pas.
Elle est comme le geste de ces deux mains qui
s'élèvent sans s'abaisser
dites encore :

—— Feuille.

FEUILLE : O mon amant, mon amant,
Je dis des paroles de joie suraigue
et le ton las de votre voix
s'appesantit dans la tristesse,
vous êtes triste mon ami,
la tristesse est sur votre visage,
moi je suis triste parce que vous êtes triste.

—— Je vous demande pardon, Feuille.

FEUILLE Il ne faut pas, mon ami,
Maintenant les oiseaux chantent.
Nous sommes dans le ciel doré du crépuscule.
— Dites moi pourquoi,
— Dites moi pourquoi.

—— Feuille, ma tristesse est universelle.

PARIS, Juin 1912

X

S'il fallait dire votre couleur, ô ma tendresse,
Je ne dirais pas que vous êtes verte ou mauve
ou grise,
mais bleue
comme le ciel le matin,
comme la mer,
comme les cahiers d'Eugénie de Guérin,
comme ces ombres qui se trainent sur vous,
vaste mer,
et qui s'exaltent au crépuscule,
vous êtes une exhalaison,
          une évaporation,
continuelle, éternelle.

Boulouris, 12 Août 1912

Chant Marin

Il fait nuit.
La nuit repose sur la vaste mer
Et monte jusqu'au firmament.
Où brillent des paquets d'étoiles.
On entend le bruit de la mer
Comme un grand froissement,
Comme une aspiration continuelle
Qui ne retombe jamais,
Qui ne s'apaise jamais.
On entend le clapotement d'une vague
Et l'écroulement, l'éboulement, la chute d'une autre vague,
L'attendrissement de cette autre,
La plainte chuchotée de cette autre,
Le glissement doux et le retour de cette autre.
Mais ce n'est pas une vague après une vague,
C'est une vaste rumeur,
Une immense rumeur continuelle
Qui n'a ni commencement, ni fin,
Et qui continue
Comme un homme qui crierait
La bouche ouverte sur une seule note éternellement,
C'est une note immobile,
Un rythme immobile,
Comme la souffrance éternelle des âmes
Et les plaintes amoncelées sur la surface de la terre.
O ce chant
De la vaste mer nocturne,

C'est un accompagnement,
Continu, continuel, sans trève.
Il faut un chant
Qui éclate brusquement,
Un lied immense — calme — apaisé,
Un chant qui monte vers Dieu du fond de la mer
Et que le vent emporte.
Moi, je chante !

Boulouris, Août 1912

POÈME

Pour D. M.

I

Qu'ils sont beaux les enfants des hommes
Avec la tristesse qui est sur leur visage.
O mon Dieu, qu'ils sont beaux les enfants des hommes,
— Dans la grise agitation que font les autres
Qui crient et qui rient tordus et convulsés
Et qui courent en sautant à cloche pied.
— Qu'ils sont beaux les enfants des hommes
Vêtus d'humilité et de solennité,
Enveloppés d'un nimbe de recueillement,
De silence et de paix, de douceur pacifique.
— Une clarté froide et pâle les acompagne
(C'est leur tristesse qui luit ainsi comme une aube).
Et dans la grande foule mouvante et noirâtre
Ils sont des reflets, de blancs reflets angéliques.
— Qu'ils sont beaux les enfants des hommes !
Leurs corps pâles sont des reliquaires d'argent
Où repose la tendresse de leur grande âme.
— Elle est si belle et magnifique leur tendresse
Qui se traine, épandue sur toutes les choses,
Douloureuse, gémissante et plaintive,
Pareille à ces ombres bleues qui se trainent,
Le soir, sur le sable jaune des plaines,
— Qu'ils sont beaux les enfants des hommes !

Ils marchent d'un pas égal et fatigué,
Leurs blancs visages sur leurs nuques sont dressés
Comme des fleurs et doucement inclinés.
Leurs yeux sont noyés de tendresse et de larmes,
Devant eux sont ouvertes leurs mains pâles
— Des mains suppliantes, des mains de supplication.
Et dans le silence qui les accompagne
on entend leur voix douce, blanche et rauque,
Pareille à la voix des colombes aimantes.
Elle dit : «O filles d'Israël passionnées,
Grands arbres secoués par le vent de l'automne !»
— Qu'ils sont beaux les enfants des hommes
Avec la tristesse qui est sur leur visage,
O mon Dieu, qu'ils sont beaux les enfants des hommes !

II

Voici que les filles d'Israël sont venues
Pleines de charme et douces, douces jeunes filles,
Doucement souriantes, hésitantes et craintives,
Avec le soleil du printemps sur leur visage.
Elles disaient : «Amour, ô amour,
Douceur et joie, consolation des tristes,
Beau rosier couvert de roses, cantique
Qui chante au-dessus des douleurs plaintives
Pacification, pacification.»
Et leurs mains s'avançaient caressantes...
Ils sont défaillants d'amour les enfants des hommes,
Attendris et souriants ; leurs mains s'abandonnent.
Mais leurs yeux restent grands ouverts sans regard.
— Et voilà que leur voix commence et répète :
«Allez-vous-en, allez-vous-en, allez-vous-en,
O filles d'Israël, allez-vous-en !»
— Pourtant la douceur de nos mains sur vos yeux.—
«Allez-vous-en, allez-vous-en, allez-vous-en,
O si douces et pleines de charmes, Allez-vous-en !

N'entendez-vous plus les lamentations,
Les supplications de notre tendresse
— Désespérée, mouvante et tourmentée,
Qui s'exalte dans un grand balancement,
Eternellement soulevée, retombante
Et pareille aux flots de la vaste mer.
Eloignez-vous de cette tristesse glacée
Eloignez-vous de cette immensité de tristesse,
O si pleines de charmes, ô filles d'Israël,
Allez-vous-en, allez-vous-en, allez-vous-en !»

— Qu'ils sont beaux les enfants des hommes !
Ils demeurent dans la solitude,
Dans une épouvantable solitude.
Il n'y a plus personne, il n'y a plus personne ;
Seulement la conversation des gens,
Cette agitation des corps unis
Et la clarté des lampes dans la nuit.
— Qu'ils sont beaux les enfants des hommes
Avec des larmes sur leurs visages immobiles
Et devant eux posées leurs mains pacifiques.
On entend leur voix douce, blanche et rauque,
Pareille à la voix des colombes aimantes.
Grands arbres secoués par le vent de l'automne,
Tristesse, ô tristesse, murmure-t-elle,
Qui seule demeurez ma compagne fidèle,
Voilà que nous restons encore tous les deux.
Etreignez-moi étroitement, ô ma tristesse,
En mêlant nos larmes nous nous consolerons.
Oh ! sur nos visages, la caresse des larmes !
— Qu'ils sont beaux les enfants des hommes
Avec la tristesse qui est sur leur visage,
O mon Dieu, qu'ils sont beaux les enfants des hommes !

III

Seigneur, ayez pitié de ces blancs holocaustes,
Vous qui avez été triste jusqu'à la mort,
Pardonnez-leur de n'avoir pas trouvé la joie.
C'est si terrible cette éternelle solitude
Et d'être sans amour pour votre créature ;
Pardonnez-leur de n'avoir pas trouvé la joie.
Considérez la pureté de leur tendresse,
Considérez la beauté des enfants des hommes ;
Pardonnez-leur comme on pardonne à des enfants,
Recevez-les dans votre amour au Paradis
Et qu'ils soient consolés par la joie des cantiques.

Saint-Jean de la Pinette
16 octobre, 1912

XIII

à la mémoire de Maurice de Guérin.

POÈMES

I

Mon ami — voilà que vous êtes parti. Encore une fois je me retrouve seul avec vous dans mon cœur.

Le soir que je vous ai quitté, le ciel était tout entier recouvert de nuages noirs. Il était aussi noir que les coteaux et s'appuyait sur eux à l'horizon. C'était terrible cette complète obscurité. Le vent soufflait sur la terre continûment, d'une manière égale: il a soufflé toute la nuit. Le lendemain matin le soleil ne s'est pas levé, mais un pauvre jour triste et sitôt que les gens ont commencé à marcher dans les rues, il s'est mis à pleuvoir. Le vent chassait dans le ciel bas les puissants nuages désordonnés et poussait la pluie contre les vitres des maisons. Mais la pluie a été la plus forte et droite et serrée elle est tombée sur la terre cependant que le ciel s'immobilisait. Alors j'ai découvert que le maigre lilas qui pousse dans la cour, contre la maison, était fleuri et les grappes de fleurs mauves, un peu lourdes, printanières, s'inclinaient sous la pluie.

Il a plu la journée entière et seulement ce soir voici le ciel qui se relève et le soleil qui se couche dans une gloire de nuées arrondies. Que le crépuscule est doux et violet. Je suis assis devant ma fenêtre ouverte, les yeux dans le ciel pâle au dessus des toits derrière le grand marronnier immobile.

Je suis triste, ô mon ami, mais sans [amertume, et j'ai

seulement un grand désir de silence et de paix, de pureté
morale et de bonté. Je me sens abandonné des hommes.
Il faut avoir pour moi de l'indulgence et du pardon, car je
suis votre ami qui suis venu vous trouver et me révéler à
vous, autrefois.

Sentez-vous le doux parfum du lilas qui fleurit sous la
pluie ? Comme le crépuscule est long ! Il semble qu'il ne
finira jamais ce soir. Il traine dans le ciel et sa pâle clarté
demeure au dessus des toits, parfois le vent anime le feuil
lage du marronnier qui murmure.

Il fait froid. O mon ami, mon ami, que vous ne m'a-
bandonniez jamais, malgré ma tristesse et ma pauvreté.

II

Pourquoi, pourquoi m'avez-vous abandonné ? Il fait
nuit et le grand vent de la fin de l'hiver souffle. Il siffle
dans la cheminée et sous les portes et m'entoure de froid.
Dehors il doit secouer les arbres follement, s'élancer dans
les rues contournant les maisons et bondir dans les campagnes au dessus des collines et des bruyères mortes.

Pourquoi m'avez vous abandonné, mon amie. Les
nuages d'un noir de suie mouvementés et soulevés par
endroits, laissant voir le ciel d'un bleu nocturne, s'étendent
au dessus des sombres campagnes. Et tout le ciel abaissé
se meut sur la terre.

Je vous aime avec mes larmes et je vous donne la
douleur de mon cœur.

Que m'importe — que m'importe que vous m'ayez
abandonné — ô trop heureuse, trop joyeuse et trop douce,
que m'importe ! Car si votre amour adoucissait mon cœur
ce soir, je ne sentirais pas mon âme épouvantée emportée
sur les ailes du vent dans les sombres campagnes.

III

Il fait un air tiède. Les nuages blancs et mous passent
sans bruit au dessus des arbres et le ciel que l'on voit par

grands morceaux est un ciel de nuit, mais tout baigné de la clarté lunaire. De temps en temps la Lune resplendit balancée entre les nuages, on voit alors la plaine qui s'étend jusqu'à son lointain horizon bleuâtre et légère. Il fait un air tiède qui souffle également, continûment à mes oreilles et sur mes mains.

Je suis ému comme Alissa dans son jardin pendant cette longue agonie où sous les arbres elle attendait et appelait, ayant soif d'être aimée et d'être consommée.

Amour, ô Amour du ciel laiteux et des campagnes bleues et de tous les cœurs endormis dans la nuit chaude, je vous désire avec des larmes et je vous veux. Ce soir mon orgueil m'abandonne. Je suis dans l'attente et j'appelle: «Est-ce vous mon amie délaissée qui vous plaignez encore?» Je veux partir, partir de cette solitude où je meurs et m'élancer vers l'univers si beau où chaque âme est différente et plus belle.

Les douces étoiles me sont très amies. Les arbres sont animés d'une rumeur confuse dans l'air nocturne.

Oh! Mon Dieu, je voudrais aimer passionnément, aimer jusqu'à mourir d'amour!

IV

Nous sommes aux portes du printemps, voici la merveilleuse nuit si douce appesantie sur les campagnes. Oh! campagnes que vous vous étendez mollement — inclinées au devant de moi — soulevées par les collines et cheminant jusqu'au lointain horizon courbe, vers les dernières clartés du jour.

Nous sommes aux portes du printemps, la terre humide des labours, la jeune herbe des blés, le trèfle, la luzerne et les fleurs endormies exhalent leur parfum. La terre douce, meuble et mouillée, sillonnée par le murmure des eaux, animée par le murmure des eaux et par le chant confus des grillons, s'étend sous le firmament des étoiles.

Je suis au milieu des campagnes, arrêté, debout, les

yeux fermés pour m'abandonner mieux à la nuit. Mon cœur est animé d'amour. La source des larmes et des prières s'ouvre dans mon cœur. Je voudrais parler et que ma voix s'entende et soit portée comme une chose vivante au dessus du murmure des eaux. Je voudrais chanter l'amour de mon cœur et répéter souvent le nom de mon amie. Mais qui est mon amie, qui est mon amie ? où êtes vous, merveilleuse et si douce, qui m'aimerez, vous inclinant, devant moi, et qui me donnerez votre cœur pour enrichir le mien et votre douleur — où êtes-vous ? — je ne sais pas le nom de mon amie et je dirai seulement *«amoúr, ô amour ! tristesse amère.»*

Tout cela, la douceur de cette terre chaude et ces étoiles, cette longue nuit calme — c'est le printemps. Nous sommes aux portes du printemps. Le silence est aussi vaste que la nuit.

Maintenant commence à chanter son chant grave et pur, le rossignol.

Aix, 1913.

XIV

POUR D. M.

LA TOURTERELLE

Ma colombe, ô ma tourterelle, est-ce vous dont j'entends la voix plaintive qui gémit dans les rameaux de ces ormeaux qui s'assombrissent?

Dans cette fin du jour l'air du soir était caressé par vos ailes et maintenant dans l'arbre balancé votre voix chante grave et pure se mêlant au confus murmure des eaux.

Ah! quelles tempêtes et quels orages vous ont emporté dans le vaste univers, mon bel oiseau si fier, conduisant votre course avec celle des grands nuages vagabonds! Qu'il est pur le ciel à son zénith!

Se peut-il que les vents calmés vous aient abandonné dans les rameaux de ces grands arbres. Leur feuillage hautain est confus sur le firmament. Que vous vous plaignez tristement! Quelle flèche vous a blessé, mon bel oiseau si doux?

C'est ici la vallée de mes larmes. Voici ces tendres coteaux, ces fleurs jamais cueillies, ces rives nébuleuses qui cheminent vers l'horizon. Le soleil a laissé ses rayons dans le ciel, dans un ciel pur où palpite le vol d'autres colombes invisibles.

Vous chantez sur cet arbre au pied duquel je pleure. Ma colombe, ô ma tourterelle, demeurez avec moi dans ma vallée.

Aix-en-Provence, 6 juin 1914

XV

POUR G. G. ET D. M.

POÈME

Mon doux ami, voici la nuit qui s'est levée
du feuillage confus des arbres rassemblés
Elle a trainé dans la large vallée
et monte jusqu'au firmament des étoiles.

Je vous donne la nuit pour votre triste cœur.
Le rossignol hésite et va chanter.
Voici la nuit pour vous, mon doux ami blessé,
qui vous prendra dans son manteau, voilant
votre triste visage et vos mains fatiguées.

La terre est noire et les arbres sont noirs,
Où êtes-vous ? prenez ma main. Venez-vous en !

Le ciel est une mer de clartés merveilleuses
Ah ! quelle autre lumière est en lui qui l'anime,
Quelle est cette pâleur par delà les étoiles,
si lointaine et si bleue, effleurée par des ailes ?

Ami qui vous plaignez dans votre solitude
d'une plainte si terrible et si douce,
pleurez ici, mais apaisez votre douleur.

Les Etoiles si nombreuses, arrêtées,
sont inclinées vers vous, tout autour de vous.
La même nuit qui sur ses voiles les balance,
vous porte, mon ami blessé, au milieu d'elles.
Vous êtes au sein des étoiles et le Seigneur
Qui les conduit dans son firmament vous conduit.

O la plus douce étoile et la plus pure
Qui cheminez solitaire et tremblante
Le plus près du terrestre horizon.

Mon ami, mon ami, que les arbres sont noirs.
Entendez-vous le vent qui souffle de la terre
et qui fait mesurer la grandeur du silence?
pourquoi le rossignol a-t-il peur de chanter?
Il s'arrête, il hésite, il attend le cantique
du rossignol des célestes vallées.
Chaque étoile apaise sa plainte et les arbres
calment leur feuillage confus dans la nuit.
Votre voix dans les plaines du ciel commence :

«Ma douleur, je m'abandonne à vous, ma douleur,
«voilà mon cœur tout animé d'amour et mes larmes,
«Conduisez moi si vous voulez, où vous voulez,
«Allez vous en de moi, mon cher amour,
«Ma douleur, conduisez-moi, seul dans la nuit.»

Qu'elle est pure cette voix, qu'elle est grave !
Comme elle chemine au sein des étoiles,
Chantez, chantez, chantez votre douleur,
Beau rossignol des célestes vallées,
Abandonnez votre cœur à ses larmes,
C'est le Seigneur qui vous chérit, qui vous conduit,
O sa brebis la plus blessée, la plus aimée,
Au paradis où vos larmes seront si douces.

Mais ne m'oubliez pas dans ma vallée de larmes,
Où l'autre rossignol hésite et vous répond.

L'Enclos, vendredi — Juin 1914.

POUR D. M.

Ma douleur et sa compagne

Quand vous avez laissé dans cette fin du jour les larmes inonder votre visage las, une tempête dans mon cœur s'est levée et je me suis enfui vous abandonnant à la nuit.

Maintenant la vaste mer déroule ses vagues lentes et lourdes et fait monter sa plainte grandissante vers le firmament sombre. Où êtes-vous, solitaire, qui pleurez dans la nuit ?

Sur les flots je vois ma douleur qui se lève au devant de moi, si pâle et penchante et cette autre à ses côtés, sa compagne — si pâle et plus penchée. C'est la douleur de votre cœur, mon amie. Le vent qui souffle de la terre les pousse et toutes deux cheminent (parmi cette plainte) vers cette étoile embrumée qui flotte à l'horizon si près des flots.

Ah ! douce nuit.

Marseille, Juillet 1914.

TABLE

www.ingramcontent.com/pod-product-compliance
Ingram Content Group UK Ltd.
Pitfield, Milton Keynes, MK11 3LW, UK
UKHW021644090726
13657UKWH00004B/1741